VENTE

Du Samedi 25 Novembre 1911

HOTEL DROUOT, SALLE N° 8

A DEUX HEURES

OBJETS D'ART

DE LA

CHINE ET DU JAPON

COMMISSAIRE-PRISEUR

M° F. LAIR-DUBREUIL

EXPERTS

MM. PAULME & B. LASQUIN Fils

CATALOGUE

DES

OBJETS D'ART DE LA CHINE

PORCELAINES ANCIENNES

BRONZES — ÉMAUX CLOISONNÉS

ANCIENS

OBJETS DIVERS

Aquarelles, Matières dures, Étoffes

OBJETS D'ART DU JAPON

CÉRAMIQUES DE SATZUMA ET AUTRES
BRONZES, 671 GARDES DE SABRES, KODZUKAS, ETC.
IVOIRES, LAQUES, BOIS
ESTAMPES, PEINTURE, KAKÉMONOS

Dont la Vente aux enchères publiques aura lieu

HOTEL DROUOT, SALLE N° 8

LE SAMEDI 25 NOVEMBRE 1911

A DEUX HEURES

COMMISSAIRE-PRISEUR	EXPERTS
Mᶜ F. LAIR-DUBREUIL	MM. PAULME & B. LASQUIN fils
6, rue Favart	10, rue Chauchat | 11, rue de la Grange-Batelière

---

EXPOSITION PUBLIQUE

Le Vendredi 24 Novembre 1911, de 1 h. 1/2 à 6 h.

CONDITIONS DE LA VENTE

Elle sera faite au comptant.

Les adjudicataires paieront DIX POUR CENT en sus des enchères.

L'exposition mettant le public à même de se rendre compte de l'état et de la nature des objets, il ne sera admis aucune réclamation une fois l'adjudication prononcée.

Paris. — Imp. de l'Art. Ch. Berger, 41, rue de la Victoire

DÉSIGNATION

PORCELAINES DE CHINE

1 à 5 — Vingt petits vases, potiches et coupe en ancienne porcelaine de Chine, décors variés en émaux de couleurs. (Seront divisés.)

6 — Quatre vases-appliques en porcelaine de Chine, à décors de réserves à personnages, et fleurs sur fonds verts et bleus.

7 — Deux boîtes cylindriques et un flacon à thé en ancienne porcelaine de Chine fond rouge corail, fond marbré, et fond jaune, à décor de figures et fleurs.

8 — Paire de petits chiens de Fô en ancien céladon émaillé aux trois couleurs.

9 — Quatre pièces : figures, porte-fleurs, enfant couché et petite divinité en porcelaine et grès de Chine émaillé en couleurs.

10 — Cinq très petites potiches en ancienne porcelaine de Chine, époque Ming, décor de fleurs et rochers en couleurs.

11 — Quatre petites potiches en ancienne porcelaine de Chine, époque Ming, décor en couleurs : fleurs, emblèmes et fong-hoan.

12 — Vase ovoïde à col coupé en porcelaine de Chine, décor de branchages et oiseaux en émaux de couleurs.

13 — Paire de petites potiches en porcelaine de Chine, décor de mandarin et suivants dans un paysage avec palmier en émaux de couleurs.

14 — Quatre vases-pitongs en ancienne porcelaine de Chine, décorés de fleurs et figures en émaux de couleurs.

15 — Paire de petits vases ovoïdes fond vert, un petit vase de forme analogue, décor marbrures multicolores, et une petite bouteille fond vert granulé à réserves en porcelaine, de Chine.

16 — Paire de pots à gingembre en porcelaine de Chine, décor de caractères et ornements en couleurs.

17 — Six pièces : vases ou potiches, en porcelaine de Chine, décors variés en bleu.

18 — Quatre petits vases à col évasé, de même dimension, en ancienne porcelaine de Chine, à décor de bouquets de fleurs en émaux de couleurs.

19 — Petit vase-rouleau à bord évasé en ancienne porcelaine de Chine, décor en émaux de couleur : jeune femme offrant des fleurs et un dieu apparaissant sur les nuages. Époque Kien-lung.

20 — Deux statuettes en ancien blanc de Chine.

21 — Paire de vases-cornets à bord évasé en porcelaine de Chine fond vert, gravés de rinceaux de feuillages et décorés en émaux de couleurs d'oiseaux et fleurs.

22-23 — Quatre magots en porcelaine de Chine, décorés en émaux de couleurs. Époque Ming. (Seront divisés.)

24 — Paire de vases à quatre faces, un avec col coupé, en ancienne porcelaine de Chine, décorés de sujets familliers en émaux de couleurs. Époque Kien-lung.

25 — Veilleuse de forme hexagonale en ancienne porcelaine de Chine, à six compartiments ajourés émail blanc, décorés de fleurs et séparés par des bandes fond noir chargées de fleurs et dragons en émaux de couleurs. Époque Kien-lung.

26 — Vase-cornet à renflement médian et col coupé en porcelaine de Chine, décoré en émaux de couleurs, de figures symboliques sur des flots et d'emblèmes. Époque Kien-lung.

27 — Vase à quatre faces à anses en ancienne porcelaine de Chine fond vert gravé, décoré de deux réserves à figures dans un paysage en relief et en couleurs sur fond blanc.

28 — Vase-pitong formé d'un assemblage de tiges de bambou en ancien céladon jaune de Chine.

29 — Encrier formé d'une figure couchée de Li-Toipie (poète), tenant un récipient incliné, en ancienne porcelaine de Chine émaillée aux trois couleurs. Époque Khang-hy.

3o — Bouteille à goulot à double renflement en ancien céladon gris craquelé de Chine.

31 — Bouteille en ancienne porcelaine de Chine, décor vermicellé en bleu.

32 — Paire de petites statuettes de poussah accroupis en céladon de Chine émaillé vert.

33 — Petit pot couvert en ancienne porcelaine de Siam, décoré en couleurs sur fond jaune.

34 — Grande bouteille en ancien céladon gris craquelé de la Chine, décorée à la naissance du col d'un dragon en relief.

35 — Grosse potiche en ancien grès de Chine émaillé vert olive au grand feu, décor d'une réserve à ornement doré sur fond rouge.

36 — Grand plat creux en céramique chinoise, décoré en relief d'un phénix au centre, et de paysage au marli sur fond vert et bandes circulaires fond jaune.

37 — Deux petits pots à eau de forme sphérique en porcelaine de Chine, décors variés en bleu et en couleurs.

38 — Trois encriers en forme de boîtes en porcelaine de Chine, décors en bleu.

39 — Très grand plat en porcelaine de Chine, décoré en bleu de cinq réserves à paysages, figures, arbustes et oiseaux sur fond à carrelages.

40 — Pot à gingembre en ancienne porcelaine de Chine, décoré sur fond marbré bleu de trois réserves, avec emblèmes symboliques et de branches fleuries de pêcher réservées en blanc. Epoque Khang-hy. Socle et couvercle en bois de fer.

41 — Autre pot à gingembre analogue plus petit, à fleurs de prunier. Epoque Khang-hy. Socle et couvercle en bois de fer.

42 — Pot à gingembre en ancienne porcelaine de Chine, décoré sur fond bleu marbré de fleurs de pêcher réservées en blanc. Epoque Khang-hy. Socle et couvercle en bois de fer.

43 — Pot à gingembre, décor analogue au précédent. Epoque Khang-hy. Socle et couvercle en bois de fer.

44 — Potiche en ancienne porcelaine de Chine, décor en bleu de feuillages et raisins. Epoque Ming. Socle en bois de fer.

45 — Vase à col évasé en ancienne porcelaine
de Chine, décoré en bleu d'arbres et d'oiseaux. Epoque Kien-lung.

46 — Vase de forme turbinée en ancienne porcelaine de Chine, à petit orifice, décor en
émaux de couleurs de rinceaux de feuillages
et fleurs de chrysanthèmes, de palmes et
lambrequin fond jaune à la base et à l'épau-
lement. Epoque Ming. Socle en bois de fer
ajouré.

47 — Potiche couverte en ancienne porcelaine
de Chine, décor en bleu de jeux d'enfants,
rochers et balustres à la base, et emblèmes
symboliques au col. Epoque Khang-hy. Socle en bois de fer ajouré.

48 — Très grand vase-rouleau à long col en
ancienne porcelaine de Chine, décor en bleu
de paysage montagneux. Epoque Khang-hy.

49 — Six flacons à tabac en porcelaine de Chine,
décors en bleu.

50 — Vase de forme ovoïde à col rétréci en ancienne porcelaine de Chine, décor en bleu
de pivoines, faisans et oiseaux divers.

OBJETS D'ART DU JAPON

BRONZES, LAQUES, ESTAMPES

PEINTURES

GARDES, SOCLES, ETC.

5₁ — Statuette de femme assise en ancienne faïence de Satzuma.

5₂ — Statuette d'homme assis coiffé d'un haut bonnet en ancienne faïence de Satzuma.

53 — Huit pièces : petits vases, pots et coupes en céramique japonaise flambée grand feu.

54 — Deux chapelles vides en bois laqué noir et une boîte ronde laque rouge, un bol et un inro en céramique.

55 — Renard en terre cuite du Japon.

56 — Personnage assis sur un crapaud et un tronc d'arbre avec oiseaux, deux pièces en bronze patiné du Japon.

57 — Deux figures de Dieux, l'une en bronze doré, l'autre en bronze laqué.

58 — Coupe en bois, pied en bronze finement
ciselé doré.

59-60 — Trente-deux bouts et anneaux en bronze
du Japon ciselé et parties dorées.

61-62 — Vingt-quatre kodzukas en bronze du
Japon patine brune et claire, et ornements en
relief.

63 à 80 — Six cent soixante-et-onze gardes de
sabres en bronze, à ornements variés. (Seront
divisées).

81-82 — Vingt-quatre masques de guerriers japonais. (Seront divisés).

83 — Six netskés en céramique ambre et nacre.

84 — Huit netskés en ivoire sculpté gravé.

85 — Onze netskés en bois sculpté ou laqué
en forme de personnages, avec animaux, bras,
barque, baquet et panier de fruits.

86 — Douze netskés en bois sculpté, formés
d'animaux divers, chevaux, singes, chiens,
tête de poisson, etc.

87 — Inro en laque d'or, décoré en relief d'un
côté d'une figure de femme tenant un sceptre,
assise sur un lion ; sur l'autre face, une
femme portant un plateau de fruits, les
chairs et ustensiles en application d'ivoire
sculpté teinté et nacre.

88 — Deux inros en laque d'or poudreté, représentant deux oiseaux et deux tortues fantas-
tiques.

89 — Inro en laque noir sablé d'or, décor d'us-
tensile ; il est renfermé dans un étui en laque
d'or, décor de personnages en relief, les
chairs et ustensiles en ivoire et nacre teinté.

90 — Inro en laque d'or poudreté, décoré de
feuillages et fruits, orné de deux réserves
rondes et creuses avec figures de Japonaises
en relief, en ivoire et écaille.

91 — Deux inros en laque d'or, décor de figure
avec application d'ivoire sculpté teinté et
nacre.

92 — Deux autres inros en laque d'or : l'un fond
caillouté avec figures et arbres fleuris, les
fleurs faites de nacre rose ; l'autre, avec fleurs
et insectes en nacre.

93 — Deux inros en laque d'or, à personnages accroupis en relief avec figures en ivoire et ronde d'enfants en nacre.

94 — Trois inros et un flacon en laque rouge et or et application de nacre.

95 — Trois inros en ivoire laqué d'or.

96 — Trois inros en laque d'or, en couleurs : paysage maritime, branchages, fleurs et vol d'oiseaux.

97 — Trois inros en laque d'or, décorés en relief : bête féroce, cigogne, insectes, branchages fleuris.

98 — Deux inros en laque d'or et de couleur : cavalier et chevaux en liberté, applications de burgau.

99 — Quatre inros en laque noire, décor de disques, paysage à pagodes, insectes et burgaux.

100 — Quatre inros en laque noire, décorés en laque d'or et de couleur : aigle, singes et nombreux personnages dans un paysage.

101 — Trois inros en bois de fer avec application de laque nacre-ivoire : chats, enfants
assis et inscription, corbeille de fleurs et
perroquet sur son perchoir.

102 — Sept inros en bois et liège laqué, avec
application d'ustensiles, animaux, feuillages,
masques en céramique.

103 à 107 — Vingt inros environ en laque d'or,
bois et liège sculpté, laque, imitation de ga-
luchat, etc., etc. (Sera divisé.)

108 — Trois estampes japonaises anciennes, par
HAKOUSAI, OUTOMARO et KIYONAYA.

109 — Aquarelle japonaise ancienne sur papier
de riz : Figure de Mousmée, par SHUNSHO.

110 — Deux kakémonos, peints à l'aquarelle sur
toile de soie et papier, l'un représentant un
Japonais luttant avec un ours, l'autre une
poule.

111 — Deux kakémonos peints à l'aquarelle sur
toile de soie et satin blanc : branchages,
fleurs et caractères.

112 — Kakémono étroit peint en frise à l'aquarelle, sur parchemin : Scènes diverses.

113 — Kakémono peint à l'aquarelle sur toile de soie : Jeune Japonaise assise au pied d'un palmier.

114 — Grand kakémono peint à l'aquarelle sur papier, représentant des carpes dans les flots.

115 — Long et étroit kakémono peint en frise à l'aquarelle sur toile de soie : cortège de nombreux personnages, cavaliers, musiciens, etc., dans un paysage.

116 — Kakémono peint à l'aquarelle sur papier de soie : sorcière et démon.

117 — Kakémono peint à l'aquarelle sur toile de soie, représentant une Japonaise en riche costume.

BRONZES

ÉMAUX CLOISONNÉS
DE LA CHINE

OBJETS DIVERS

118 — Important brûle-parfum à trois pieds, deux anses, couvercle ajouré surmonté d'une chimère couchée en ancien bronze de la Chine patine brune.

119 — Statuette de divinité chinoise tenant un sabre. Très ancien bronze de la Chine, partiellement doré, orné d'incrustations.

120 — Vase brûle-parfum à trois pieds et deux anses dragon en ancien bronze chinois à patine claire, parsemé de taches d'or. Couvercle et socle en bois de fer ajouré.

121 — Statuette de divinité bouddhique en ancien bronze patiné du Thibet.

122 — Vase de forme ovoïde en ancien émail cloisonné de la Chine, décoré sur fond bleu

turquoise de vases brûle-parfums, feuillages,
fleurs et carrelages de couleurs, orné de cer-
cles et bandes circulaires en bronze doré.
Époque Ming.

123 — Grand vase de forme balustre à deux
anses et col évasé en ancien émail cloisonné
de la Chine fond turquoise, décor de pivoines
et feuillages.

124 — Vase en ancien émail cloisonné de la
Chine, formé d'un kakémono roulé et debout,
soutenu par deux figures de Chinois, en
bronze patiné.

125 — Vase en ancien émail cloisonné de la
Chine, décoré de lambrequins, palmettes et
fleurs sur fonds, bleu turquoise et noir.

126 — Boîte ronde avec couvercle en ancien
émail cloisonné de la Chine, décorée de disques symboliques et chauves-souris dans les
flammes sur fond bleu turquoise. Epoque
Kien-lung.

127 — Brûle-parfum formé d'un animal chimé-
rique, le couvercle surmonté d'un chien de
Fô en ancien bronze patiné chinois, avec
parties en émail cloisonné. Époque Ming.

128 — Éléphant supportant une pagode à quatre
toits superposés en ancien bronze doré de
la Chine, caparaçon et bâti de la pagode en
émail cloisonné fond bleu turquoise. Époque
Ming.

129 — Théière ayant la forme d'un animal chi-
mérique à trois pattes, l'anse formée d'une
chimère à corps très allongé. *Curieux et très
ancien bronze chinois.*

130 — Brûle-parfum de forme ronde en ancien
émail cloisonné de Chine et bronze ciselé,
doré et ajouré, décor à fleurs en couleurs et
rinceaux de dorure sur fond bleu turquoise,
couvercle à boule ajourée, deux vases chi-
mères et trois pieds à têtes chimériques.
Époque Kien-lung. Socle en bois noir.

131 — Plat rond et creux en ancien émail de
Canton, décoré d'un sujet central : Chasse
aux canards, entouré d'une bordure à lambrequin fond jaune, chargé de fleurs en couleurs. Époque Yung-tching.

132 — Petit paravent à huit feuilles en bois de
fer et plaques en pierre de lard. Travail
chinois.

133 — Flacon à tabac en cristal de roche à anses gravées en relief.

134 — Six flacons à tabac en agate arborisée. (Seront divisés.)

135 — Deux aquarelles chinoises sur papier de riz, représentant des figures symboliques.

136 — Deux feuilles d'écran en satin rouge de Chine brodé de dragons en soie jaune.

137 — Deux panneaux en satin rouge de Chine brodé de fleurs et frangé en soies de couleurs.

138 — Tapis de table en satin de Chine rouge cerise, brodé de fleurs et oiseaux en soies de couleurs.

www.ingramcontent.com/pod-product-compliance
Lightning Source LLC
LaVergne TN
LVHW012132170726
843501LV00008BC/3144